M. ANNIVERSAIRE

Collection

MONSIEUR MADAME PAILLETTES

Monsieur Glouton et le Bonhomme de pain d'épices

Les MONSIEUR MADAME et le Grand Méchant Loup

M. Chatouille et le dragon

Mme Bonheur et la sorcière

Mme Canaille et la Bonne Fée

M. Heureux et le magicien

M. Bruit et le géant

Mme Chipie et la sirène

M. Peureux et les pirates

Mme Beauté et la Princesse

Mme Chance et les lutins

M. Malchance et le Chevalier

M. Costaud et l'Ogre

Mme Têtue et la licorne

Mme Timide et la Bonne Fée

M. Curieux et le haricot magique

M. ANNIVERSAIRE

Roger Hargreaves

hachette
JEUNESSE

Pour monsieur Anniversaire, ce qu'il y a de plus drôle, dans les anniversaires, ce sont les fêtes.

Les cartes, c'est charmant, les cadeaux, c'est amusant, mais rien ne vaut les fêtes !

Monsieur Anniversaire les aime tellement qu'il ne quitte jamais son chapeau de fête.

Monsieur Anniversaire était incontournable
pour les fêtes d'anniversaire. C'était lui
qui les organisait toutes.

Dernièrement, il avait préparé une fête avec deux gâteaux
pour l'anniversaire de monsieur Glouton.

Un gâteau pour les invités, et un pour monsieur Glouton !

Une fête avec des chapeaux étonnants
pour monsieur Étonnant.

Et une fête sans ballons pour monsieur Peureux,
qui détestait les ballons... de peur qu'ils n'explosent !

Un jour, monsieur Anniversaire organisa une fête pour monsieur Heureux.

Il invita tous les amis de monsieur Heureux, y compris madame Bonheur, monsieur Rigolo, madame Chance et monsieur Malchance.

Il installa des ballons et une grande bannière, où était écrit « Joyeux Anniversaire, monsieur Heureux ! »

Et il organisa plein de jeux pour que chacun s'amuse.

Joyeux Anniversaire, M. Heureux !

Madame Chance gagna à tous les jeux.

Même pour accrocher la queue de l'âne à sa place.

On ne l'appelle pas madame Chance pour rien !

Ce n'était pas facile de savoir qui gagnait aux chaises musicales, parce que monsieur Malchance n'arrêtait pas de les renverser.

Après les jeux, monsieur Anniversaire apporta un énorme gâteau. Monsieur Heureux fit son plus grand sourire et souffla toutes les bougies, d'un seul coup !

Plus ils se régalèrent d'un festin de pâtisseries, de sandwichs et de glace.

Tout le monde trouva la fête formidable.

Monsieur Heureux remercia monsieur Anniversaire.

« Et n'oublions pas qu'il y a un anniversaire très spécial, la semaine prochaine », ajouta-t-il avec un clin d'œil, en lui disant au revoir.

Sur le chemin du retour, Monsieur Anniversaire
se posa mille questions.

« Je me demande de quel anniversaire parlait
monsieur Heureux », se disait-il, fort ennuyé.

Il réfléchit encore, mais en vain.

Il consulta son carnet quand il rentra chez lui, mais
aucune date n'était inscrite pour la semaine suivante.

« Monsieur Heureux a dû se tromper », se dit-il,
en allant se coucher.

Mais le lendemain, monsieur Anniversaire entendit plusieurs indices qui confirmaient l'arrivée imminente d'un anniversaire très important.

Il croisa monsieur Inquiet dans la rue.

« Oh, là, là ! Quel cadeau choisir pour la semaine prochaine ? murmurait celui-ci. Comme je suis inquiet ! »

Puis il entendit par hasard monsieur Étourdi, qui répétait :

« Je ne dois pas oublier la fête de la semaine prochaine,
je ne dois pas oublier la fête de la semaine prochaine…
Je ne dois pas oublier la… »

Il s'arrêta soudain, regarda sa main et reprit de plus belle :
« …la fête d'anniversaire, oui, c'est ça, la fête ! »

Le pauvre monsieur Anniversaire était tout chamboulé.
Comment pouvait-il y avoir une fête d'anniversaire
sans qu'il fût au courant ?

Le lendemain, il décida qu'il irait tout simplement poser la question à monsieur Heureux.

Ce dernier sourit en grand lorsque monsieur Anniversaire lui avoua qu'il ne savait rien de l'anniversaire qui se préparait.

« Venez mardi à 3 heures, et je vous dirai tout ! » promit malicieusement monsieur Heureux.

Le mardi, monsieur Anniversaire se posait mille questions.

Et toi, as-tu déjà deviné de quel anniversaire il s'agissait ?

Monsieur Anniversaire arriva chez monsieur Heureux à 3 heures pile.

« Maintenant, vous devez tout me dire ! » explosa-t-il.

« Avec plaisir ! sourit monsieur Heureux. C'est... »

« … *votre* anniversaire ! »

« **Joyeux anniversaire, monsieur Anniversaire !** » s'écrièrent tous ses amis.

« Ce que je suis tête en l'air », rougit monsieur Anniversaire

RÉUNIS VITE LA COLLECTION ENTIÈRE

1 MME AUTORITAIRE
2 MME TÊTE-EN-L'AIR
3 MME RANGE-TOUT
4 MME CATASTROPHE
5 MME ACROBATE
6 MME MAGIE
7 MME PROPRETTE
8 MME INDÉCISE

9 MME PETITE
10 MME TOUT-VA-BIEN
11 MME TINTAMARRE
12 MME TIMIDE
13 MME BOUTE-EN-TRAIN
14 MME CANAILLE
15 MME BEAUTÉ
16 MME SAGE

17 MME DOUBLE
18 MME JE-SAIS-TOUT
19 MME CHANCE
20 MME PRUDENTE
21 MME BOULOT
22 MME GÉNIALE
23 MME OUI
24 MME POURQUOI

25 MME COQUETTE
26 MME CONTRAIRE
27 MME TÊTUE
28 MME EN RETARD
29 MME BAVARDE
30 MME FOLLETTE
31 MME BONHEUR
32 MME VEDETTE

33 MME VITE-FAIT
34 MME CASSE-PIEDS
35 MME DODUE
36 MME RISETTE
37 MME CHIPIE
38 MME FARCEUSE
39 MME MALCHANCE
40 MME TERREUR
41 MME PRINCESSE

DES **MONSIEUR MADAME**

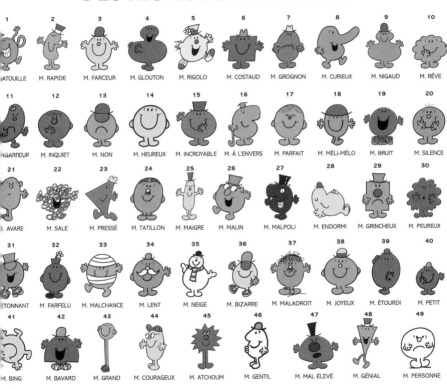

1 ...ATOUILLE
2 M. RAPIDE
3 M. FARCEUR
4 M. GLOUTON
5 M. RIGOLO
6 M. COSTAUD
7 M. GROGNON
8 M. CURIEUX
9 M. NIGAUD
10 M. RÊVE

11 ...AGARREUR
12 M. INQUIET
13 M. NON
14 M. HEUREUX
15 M. INCROYABLE
16 M. À L'ENVERS
17 M. PARFAIT
18 M. MÉLI-MÉLO
19 M. BRUIT
20 M. SILENCE

21 ...AVARE
22 M. SALE
23 M. PRESSÉ
24 M. TATILLON
25 M. MAIGRE
26 M. MALIN
27 M. MALPOLI
28 M. ENDORMI
29 M. GRINCHEUX
30 M. PEUREUX

31 ...ÉTONNANT
32 M. FARFELU
33 M. MALCHANCE
34 M. LENT
35 M. NEIGE
36 M. BIZARRE
37 M. MALADROIT
38 M. JOYEUX
39 M. ÉTOURDI
40 M. PETIT

41 M. BING
42 M. BAVARD
43 M. GRAND
44 M. COURAGEUX
45 M. ATCHOUM
46 M. GENTIL
47 M. MAL ÉLEVÉ
48 M. GÉNIAL
49 M. PERSONNE

Édité par Hachette Livre - 43, quai de Grenelle, 75905 Paris Cedex 15
Dépôt légal : janvier 2007
ISBN : 978-2-01-225200-4 -Édition 15
Loi n° 49-956 sur les publications destinées à la jeunesse.
Imprimé et relié en France par I.M.E. à Baume-les-Dames